Der Weihnachtswolf

Eine Legende zur Heiligen Nacht

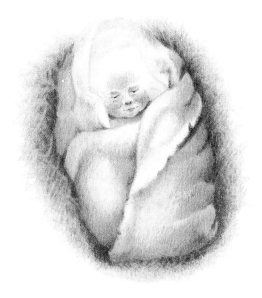

Erzählt von Barbara Cratzius
Mit Bildern von Sabine Dreyer-Engels

Herder Freiburg · Basel · Wien

Es ist eine kalte Winternacht.
Die Zedern- und Kiefernstämme knacken vor Kälte.
Hasen und Rehe jagen in großen Sprüngen talabwärts.
Hunger und Angst treiben sie vorwärts.
Hu – hu – schallt ein schauriges Geheul über die Hänge.
Es schwillt an, ebbt ab, kommt näher und näher –
ein Wolfsrudel streift in den Bergen umher.
Die unheimliche Schar der hungrigen Raubtiere
zieht weiter nach Norden zu.

Nur einer von ihnen,
ein schöner brauner Wolf
mit schwärzlichen Streifen auf dem Rücken
verharrt lauernd auf dem Felsvorsprung.
Lupus schaut zum Himmel hoch.
Da ist wieder das blendende Licht, das ihn seit Tagen verfolgt.
Er kneift die schräggestellten gelblichen Augen zusammen
und heult empor zu dem hellen strahlenden Schein des großen Sterns.
Er bleibt ein paar Augenblicke im Schnee sitzen.
Dann läuft er dem hellen Licht nach,
das wie ein leuchtendes Band in die Ebene hinabführt.

Im Tal wird es wärmer.
Von fern hört er das Kläffen der Hunde.
Vor denen fürchtet er sich, er hat schon mal
vor einer ganzen Meute Reißaus nehmen müssen.
Darum weicht er in großem Bogen
den Häusern der Menschen aus.

Schon seit Tagen
hat er nichts Richtiges mehr gefressen.
Er wundert sich, daß er keinen Hunger verspürt.
Steinig ist das Land hier, Kräuter bedecken den Boden.
Manchmal wittert er eine Quelle in einer Felsspalte.
Dann trinkt er in gierigen Zügen.

Ab und zu wirft er einen Blick hoch zum Himmel.

Wenn es dunkel wird, beginnt dieser Stern besonders hell zu strahlen.

In dieser Nacht trifft ihn der Schein so stark, dass es ihm weh tut.

Er duckt sich tief an den Boden und schließt die Augen.

Da hört er in der Ferne das Blöken von Schafen. Immer lauter wird es.

Die Herde scheint gerade auf ihn zuzutreiben.

Er zieht die Lefzen hoch und fletscht die Zähne.

Mit einem Male mischt sich in das Mähen der Schafe
ein ganz fremder, eigenartiger, wunderbarer Klang,
den er noch nie so vernommen hat.
Ein Singen und Klingen erfüllt die Luft, und in einem hellen Licht
tritt eine Gestalt den Hirten entgegen.
Eine machtvoll tönende Stimme erfüllt das nächtliche Feld.
Die Hirten, die Hunde und die Herde sind wie erstarrt
zu Boden gefallen, auch der Wolf wagt sich nicht zu rühren.

Als er wieder die Augen öffnet, ist die helle Gestalt im Licht verschwunden,
und auch der Gesang ist verstummt. Aber die Hirten und die Tiere
sind in Bewegung geraten. Rücken an Rücken traben die weißen, grauen
und schwarzen Tiere dem Tal entgegen. Wie eine große, ziehende Wolke
sieht das aus. Die Hunde umkreisen bellend die Herde,
aber die Hirten schauen sich nicht einmal nach den Tieren um.
Es ist, als ob sie einem ganz bestimmten Ziel entgegenlaufen würden.
„Als ob sie gar keine Angst haben vor einem Rudel Wölfen,
vor Füchsen und Schakalen!" denkt Lupus.
„Welch sonderbare Nacht ist das!"

Da taucht vor ihnen eine Felsenhöhle auf.
Die Schafe stehen regungslos still,
und die Hunde bellen nicht mehr.
Aus der Felsenhöhle dringt
schwacher Lichtschein
in die Nacht hinaus.
Die Hirten haben
ihre Stöcke beiseite gelegt.
Felle und warme Decken
haben sie von den Schultern genommen.
Leise und vorsichtig treten sie in die Höhle hinein.

Lupus, der Wolf, hat den Schweif eingezogen
und versucht, sich ganz schmal zu machen.
Fast wie ein großer Schäferhund sieht er nun aus.
Er duckt sich seitlich an der Felswand vorbei
in die Höhle hinein und legt sich flach in das Stroh,
direkt neben die Hufe eines Ochsen und eines Esels.
Er wundert sich selbst darüber, dass der Ochse
nicht wütend ausschlägt und der Esel
kein ängstliches „Ia" ausstößt. Seine Augen glühen.
Da fällt sein Blick auf die Holzkrippe,
in der ein kleines Kind liegt.

Von seinem Gesicht geht ein Glanz aus, der ihn an den hellen Schein
des Sterns erinnert. Der Glanz erfüllt die Höhle
und umfaßt besonders das Antlitz der jungen Mutter an der Krippe.
Das Gesicht des bärtigen Mannes im Hintergrund,
der einen Stab in der Hand hält, liegt im Dunkeln.
Da reißt der Mann plötzlich den Stab hoch,
auch dieHirten schrecken entsetzt hoch, als sie das große Tier
mit den glühenden Augen im Stroh entdecken.

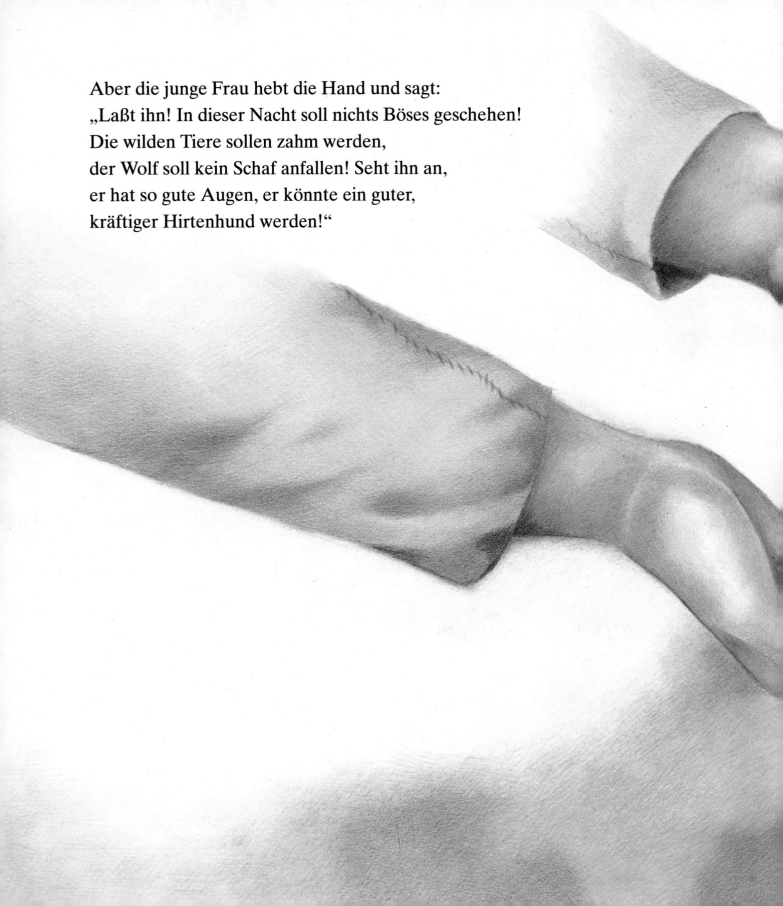

Aber die junge Frau hebt die Hand und sagt:
„Laßt ihn! In dieser Nacht soll nichts Böses geschehen!
Die wilden Tiere sollen zahm werden,
der Wolf soll kein Schaf anfallen! Seht ihn an,
er hat so gute Augen, er könnte ein guter,
kräftiger Hirtenhund werden!"

Sie steht auf, tritt einen Schritt auf Lupus zu,
der mit dem Schweif wedelt und ihr freundlich die Hand leckt.
„Geh zur Herde, Lupus!" sagt die junge Frau,
„sei gut zu den Schafen und bewache sie!"

Und voller Staunen sehen die Menschen in der Höhle,
wie das große Tier sich erhebt, ganz demütig hinausschleicht
und sich draußen neben die Hütehunde legt,
als hätte es immer schon dazugehört.

Gedruckt auf umweltfreundlichem, chlorfrei gebleichtem Papier

Umschlaggestaltung: Hermann Bausch
unter Verwendung von Illustrationen von Sabine Dreyer-Engels